AF313782

LE SYLPHE,

OU

Songe de Madame de R * * *
écrit par elle - même
à Madame de S * * *.

Par M. DE CREBILLON le fils.

Le prix est de douze sols

A PARIS

Chez PRAULT Fils, Quai de Conti , vis-
à-vis la descente du Pont-Neuf,
à la Charité.

M. DCCXXXV.

Avec Approbation & Permission.

LE
SYLPHE,

OU

Songe de Madame de R★★★

VOUS vous plaignez à tort de mon silence, Madame, & ce n'est pas assez pour accuser les gens de paresse d'être une fois sorti de la sienne. Que je vous ennuyerois si mon exactitude vous forçoit quelquefois à m'écrire ! à peine avez-vous le tems de penser : considerez, peut-être ne l'avez-vous jamais fait, qu'il n'y a pas d'oisiveté au monde plus occupée que la vôtre. Le tumulte de Paris qui ne vous laisse pas le loisir de former une idée nette, les plaisirs qui se succedent sans cesse, la compagnie nombreuse dont le mélange amuse toujours, quelque ridicule qu'il puisse être ; les façons de nos honnêtes gens, l'impertinence & la fadeur de nos petits maîtres, tant de Cour que de Ville, contraste bisarre, qui dans le grand nombre se trouve toujours réuni. Les avantures qui arrivent, & qui fournissent perpetuellement des occasions de médisance, les occupations de cœur qui divertissent, même quand elles n'interessent pas. Le tems de la toilette si agréablement rempli par nos jeunes Sénateurs. Le plaisir toujours varié que donne la coquetterie, le jeu qui occupe quand la désertion d'un Amant ou les égards pour les bienséances laissent des momens à perdre : Eh comment ! dans cet embarras pourriez-vous quelquefois songer à moi ?

Vous me reprochez mon goût pour la solitude ; si vous sçaviez combien j'ai été agréablement occupée dans la mienne, vous viendriez avec moi prendre part à mes amusemens, quelque peu réels qu'ils soient peut-être. Vous vous moquerez de moi, sans doute, quand je vous avouerai que ces plaisirs que je vous vante tant, ne sont que des songes ; oui, Madame, ce sont des songes ; mais il en est dont l'illusion est pour nous un bonheur réel, & dont le flatteur souvenir contribüe plus à notre félicité que ces plaisirs d'habitude qui reviennent sans cesse, & qui nous pesent au milieu même du desir que nous avons de les bien goûter.

Vous sçavez que de tout tems j'ai souhaité avec ardeur de voir un de ces esprits élémentaires, connus parmi nous sous le nom de Sylphes ; j'ai toujours cru que ce n'étoit point dans le fracas des Villes qu'ils aimoient à se produire, & le pourrez-vous croire? Voilà l'idée qui m'entraînoit si souvent à la campagne, & me faisoit rejetter si fierement les conteurs de fleurettes : peut-être sans l'envie que j'avois d'être digne de l'amour d'un Sylphe, aurois-je succombé? car il y en a de jolis de ces conteurs-là; je ne me repens point de ma séverité, puisqu'elle m'a conduite à mon but, c'est un songe, je ne vous donnerai mon avanturre que sur ce pied-là, il faut ménager votre incrédulité. Cependant si c'étoit un songe, je me souviendrois de m'être endormie avant que de l'avoir commencé; j'aurois senti mon reveil, & puis quelle apparence qu'un songe eût autant de suite qu'il y en a dans ce que je vais vous raconter? comment aurois-je si bien retenu les discours du Sylphe? il n'est pas naturel que j'aie pensé ce que vous allez entendre, toutes les idées que vous y trouverez ne m'ont jamais été familieres : Oh assurément ! je n'ai pas rêvé, vous en croirez au reste ce qu'il vous plaira ; quant à moi, je ne me servirai pas de ces mots, il me sembloit, je croyois voir ; je dirai, j'étois, je voyois ; mais finissons ce préambule.

J'étois un des derniers jours de la semaine passée, retirée dans ma chambre : la nuit étoit chaude, j'étois couchée d'une façon modeste, pour quelqu'un qui se croit seul, mais qui ne l'auroit pas été, si j'eusse crû avoir des spectateurs. Ennuyée d'une compagnie Provinciale qui m'avoit obsedée toute la journée, je cherchois quelque dédommagement dans un Livre de morale, lorsque j'entendis prononcer distinctement, quoi qu'à demi bas, & avec un soupir : O Dieu que d'appas ! Ces paroles me surprirent, & quittant mon livre, je tâchai, malgré la frayeur qui commençoit à me saisir, de prêter une oreille attentive ; n'entendant plus rien dans ma chambre, je crûs m'être trompée, & m'imaginai que mon esprit distrait m'avoit rendu présent ce que je venois de lire : cependant il n'y avoit pas d'apparence qu'il dût se trouver avec de la morale ; d'ailleurs dans ce moment je ne rêvois à rien qui y pût convenir. J'étois encore plongée dans ces réflexions lorsque j'entendis plus distinctement que la premiere fois : O mortels ! êtes vous faits pour la posseder ! quelque flateuse que fût cette exclamation, elle redoubla ma peur, & rentrant précipitamment dans mon lit, je me mis le drap sur la tête, demi morte, & dans l'état affreux où peut se trouver un femme peureuse. Ah cruelle ! s'écria t'on alors, pourquoi vous dérober

à ma vûe ? que craignez-vous de
quelqu'un qui vous adore, & qui
malheureusement pour lui est si res-
pectueux, qu'il n'ose employer la
violence pour vous voir ; répon-
dez-moi du moins, ne mettez pas
mon amour au désespoir. Helas ! repris-je d'une voix étouffée, que pour-
rois-je répondre dans l'état où une
avanture si surprenante me réduit !
mais que pouvez-vous craindre a-
vec moi ? replique-t'on, je vous ai
déja dit que je vous adore, rassu-
rez-vous, je ne me montrerai pas; &
quoique ma vûe pût bannir la crainte de votre ame. je ne veux pas
vous exposer encore à la surprise
qu'elle vous causeroit. Remise un
peu par ces paroles, je releve dou-
cement mon drap, je vis qu'il ne
s'agissoit que d'une déclaration d'a-
mour, & je me souvins que j'en
avois soutenu plus d'une avec fier-
té. Je n'ai pas l'ame foible, & je
crus d'ailleurs n'avoir rien à re-

douter d'une avanture qui commençoit de cette forte. Cependant on étoit amoureux, j'étois feule, & dans un état où j'avois tout à craindre de quelqu'un d'entreprenant, & à qui je fuppofois plus de forces qu'à un homme. Cette réflexion m'inquieta, je vis tout d'un coup le rifque que je courois, & le vis avec d'autant plus de peur, que je ne trouvois pas de moyen de le prévenir. Voilà de ces fâcheufes occafions où la vertu ne fauve de rien ; j'imaginai auffi que c'étoit un efprit qui me parloit, & d'abord je le jugeai impalpable ; cependant cet efprit étoit fenfible, il m'aimoit : qu'eft-ce qui l'auroit empêché de prendre un corps ? ces differentes idées me tenoient dans une irréfolution qui ne finiffoit pas, lorfque la voix reprenant, je fçais tout ce qui fe paffe dans votre ante, ma belle Comteffe, je ferai refpectueux, nous ne fommes entre-

prenans que quand nous sommes
aimez. Bon, dis-je en moi-même,
je ne crois pas que je te mette jamais à portée de me manquer de
respect. N'en répondez pas, dit la
voix, nous sommes des Amans un
peu dangereux, nous sçavons tout
ce qui se passe dans le cœur d'une
femme, elle ne sçauroit former de
désirs que nous ne satisfassions,
nous entrons dans tous ses capri-
ces, nous vieillissons ses Rivales,
& nous augmentons ses charmes,
nous connoissons toutes ses foiblesses, & quand elle pousse un
soupir d'amour, que la nature dans
un moment de distraction se trouve la plus forte, nous le saisissons;
en un mot, la plus legere idée de
tentation devient par nos soins,
tentation violente, & bien-tôt sa-
tisfaite; avouez que si les hommes
avoient notre science, il n'y auroit
pas une femme qui leur échapât.
Ajoutez à cela que notre invisibi-

lité eſt contre les maris jaloux, ou
les meres ridicules, d'une reſſour-
ce merveilleuſe ; point de précau-
tions pour prévenir les leurs ; point
d'yeux ſurveillans qu'on ne trom-
pe avec ce ſecret ; mais de grace,
ajouta-t'il, ceſſez de vous cacher
à mes yeux, cette complaiſance
ne vous engage à rien, puiſque
vous ne me verrez que quand vous
le voudrez, & que vos ſentimens
pour moi dépendent uniquement
de vous. A ces mots je me montrai,
& l'eſprit, car c'en étoit un, fit à
ma vûe un cri qui penſa me faire
rentrer ſous le drap ; je me raſſu-
rai pourtant. Ah ! s'écria-t'il, en
me voyant, que de beautez !
quel dommage qu'elles fuſſent
deſtinées à un vil mortel ! il eſt
impoſſible qu'elles m'échappent.
Quoi ! vous croyez, lui dis-je, que
je ne vous échapperai pas ? oui
ſans doute, je le crois. Je trouve,
repris-je, bien de la préſomption

dans cette idée ; vous vous trompez, il y en a beaucoup moins que
de connoiſſance de votre cœur :
toutes les femmes ont la même façon de penſer, les mêmes mouve-
mens, les mêmes deſirs, la même
vanité, & à peu de choſes près, les
mêmes réflexions, & ces réflexions
toujours foibles, quand il s’agit de
combattre le penchant. Mais, la
vertu, lui dis-je, croyez - vous
qu’elle ſoit inutile ? Elle ne devroit
pas l’être, reprit-il, & cependant,
j’imagine que vous lui donnez peu
d’exercice ; c’eſt trop mal penſer
de nous, repris-je, de nous croire
incapables de la moindre réflexion;
non, répondit-il, je crois que vous
réflechiſſez, mais que votre cœur
plus vif & plus prompt, échappe à
la réflexion, & vous détermine
plûtôt pour le ſentiment, que pour
la raiſon. Ce n’eſt pas que vous ne
penſiéz aſſez bien pour connoître
ce qu’il faut éviter, il s’éleve des

combats dans votre cœur, vous les
foutenez pendant quelque tems,
& vous fuccombez enfin avec cette confolation, que fi votre cœur
s'étoit trouvé moins fort que vous,
vous auriez remporté la victoire.
Croyez-vous donc, repris-je, que
nous ne puiffions jamais vaincre
notre penchant. Sommes-nous fi
cruellement efclaves de nos paf-
fions que rien ne puiffe les répri-
mer ? Cet article feroit, répondit-il,
d'une trop longue difcuffion, je
crois qu'il n'eft pas impoffible de
trouver des femmes vertueufes,
mais autant que j'en ai pû juger par
votre commerce, la vertu n'eft pas
ce qui vous amufe le plus : vous
fçavez qu'il en faut avoir, & il me
femble que vous ne cedez à cette
neceffité qu'à regret. Une chofe
qui me paroît autorifer mon fenti-
ment eft la trifteffe, & la mauvaife
humeur qui regnent fur le vifage
d'une femme vertueufe, d'une pru-

de, de ces personnes qui se sont faites de la vertu par orgueil, pour avoir le plaisir d'insulter aux foiblesses de leur sexe. Il est des tems où elles payent ce plaisir bien cherement, & qu'elles voudroient pouvoir y renoncer. Mais, comment faire ? c'est une vertu affichée qu'il faut soutenir, elles en gemissent en secret ; toujours tentées, elles se feroient bientôt un délice de la tentation qui les tourmente, si elles pouvoient être sûres que leurs foiblesses fussent ignorées. Leurs crieries perpetuelles contre les plaisirs, prouvent moins la haine qu'elles leur portent que le regret qu'elles ont de s'en être privées, par une vanité mal entenduë : ajoutez à cela, qu'il est rare qu'une jolie femme soit prude, ou qu'une prude soit jolie femme, ce qui la condamne à se tenir justement à cette vertu que personne n'ose attaquer, & qui est sans cesse chagrine du re-

pos dans lequel on la laiſſe languir.
Mais, penſez-vous, lui dis-je, que
toutes les femmes ſoient prudes?
Les hommes, répondit-il, ſeroient
bien malheureux s'il n'y avoit que
des femmes de ce caractere. Cependant, repris-je, ils veulent que
nous ſoyons vertueuſes. C'eſt, dit-
il, un rafinement de goût chez eux
de devoir à leurs ſéductions l'a-
néantiſſement d'une choſe qui leur
a tant couté à établir dans votre
ame, & qui vous ſied bien, quoique vous en diſiez. Non, cette vertu farouche qui n'en eſt que la gri-
mace, mais celle que j'imagine,
& que je ne puis vous peindre,
parce que je n'en ai point encore
trouvé de cette ſorte. Qu'eſt-ce
donc, lui demandai-je, que les
hommes appellent vertu? la réſiſ-
tance que vous oppoſez à leurs deſirs, & qui naît de votre attention
ſur vos devoirs. Et quels ſont-ils,
repris-je, ces devoirs? ils étoient
immenſes,

immenſes, repliqua-t'il ; mais comme vous les abregez chaque jour ,
je crois qu'ils ne vous en reſtera
plus à obſerver ; aujourd'hui ils ne
conſiſtent plus que dans la bien-
ſéance, encore n'eſt-elle pas exac-
tement ſuivie. Ce dérangement
durera-t'il long-tems , lui demandai-je ? tant , répondit-il , que les
femmes croiront la vertu idéale ,
& le plaiſir réel, & je ne vois pas
d'apparence qu'elles changent de
façon de penſer. D'ailleurs il n'y a
point de femme qui n'ait quelque
foible , & ce foible quelque bien
déguiſé qu'il ſoit, n'échappe jamais
à la recherche opiniâtre de l'amant.
La voluptueuſe ſe rend au plaiſir
des ſens. La délicate, au charme
de ſentir ſon cœur occupé. La cu-
rieuſe, au deſir de s'inſtruire. Il en
couteroit trop à l'indolente pour
refuſer. La vaine perdroit trop ſi
ſes appas étoient ignorés , elle veut
lire dans la fureur des deſirs d'un

Amant, l'impreſſion qu'elle peut faire ſur les hommes. L'avare cede au vil amour des preſens. L'ambi-tieuſe aux conquêtes éclatantes, & la coquête à l'habitude de ſe ren-dre : vous êtes bien ſçavant, lui dis-je ; c'eſt répondit-il, que j'ai voyagé de bonne heure. Mais, ne commencez-vous pas à vous en-dormir ? cette grande envie de philoſopher ne ſied pas dans cette rencontre, & je ſuis ſûr qu'actuel-lement vous me prenez pour un Sylphe des plus novices. Qui ſçait ſi mal profiter des momens auſſi doux que ceux que je paſſe auprès de vous, ne merite pas qu'on les lui donne. Un Sylphe amoureux ! parler morale, en bonne foi me pardonnerez-vous d'avoir ſi mal employé mon tems. Je ne ſçais pas, repris-je, quel autre uſage vous en voudriez faire, vous m'avez pi-quée, & je ſerai bien aiſe de vous prouver qu'il y a de la vertu : c'eſt-à-dire, répondit-il, en riant, que vous n'en aurez que par contradiction. Je ne doute cependant pas que vous n'en ayez, & si je ne vous ai pas dit là-dessus tout ce que je pense, c'est qu'une aussi belle personne que vous offre tant de choses à louer, qu'on n'a pas auprès d'elle le tems de vanter celle-là. Je ne vous pardonne pourtant pas de l'avoir oubliée, lui dis-je, vous m'aimez, je vous en ferai bien repentir. Ma belle Comtesse, répondit-il, on dit à une belle qu'elle a des agrémens, parce qu'en le lui repetant souvent, c'est une façon polie de l'exhorter à en faire usage; mais ira-t'on la faire souvenir de sa vertu, quand il est de notre interêt quelle l'oublie? Au reste, point de menaces, toutes ces finesses sont bonnes avec les hommes, mais songez que vous ne pouvez me tromper. Cela est embarassant, & je ne m'étonne pas de

vous voir rêver : un Amant qui
fçait tout ce qu'on penfe, qui pé-
nétre tout, avec lequel on n'a au-
cune reffource, eft quelque chofe
de bien incommode : en ce cas,
répondis-je, je puis ne point effuyer
cette fatigue, je ne vous aimerai
pas. Vous n'en ferez rien, dit-il,
pour éviter de m'aimer, il faudroit
que vous me difiez bien ferieufe-
ment de ceffer de vous voir. Qui
plus eft il faudroit le vouloir, &
c'eft ce que vous ne voudrez pas.
Curieufe comme vous l'êtes, vous
ne pourrez jamais vous empêcher
de voir la fin de cette avanture.
Vous êtes précifément avec moi,
dans le cas où font toutes les femmes dans les commencemens d'u-
ne paffion. Elles fçavent que pour
ne pas fuccomber, il faudroit fuïr;
mais la paffion plaît, elle échauffe
le cœur, éteint les réflexions, la
féduction eft continuelle, le re-
tour fur foi-même, momentané,

le plaifir redouble, la vertu dif-
paroît, l'Amant refte, comment
fuïr? & affurément, vous ne fui-
rez pas. Vous me paroiffez un peu
trop fûr de votre conquête, répondis-je, je voudrois un Amant
plus refpeétueux, & dont les defirs
plus timides me menageaffent da-
vantage. C'eft-à-dire, interrompit-
il, que vous voudriez que je per-
diffe un tems qui m'eft précieux,
je ne fuis point fait à cela. Les
femmes, fans doute, ne vous y
ont point accoutumé! Non affurément, reprit-il; & vous avez plû
par tout où vous avez adreffé vos
vœux? Par tout, non, repliqua-
t'il; j'ai été fouvent obligé de changer de forme pour me faire aimer;
la premiere perfonne qui me plut
étoit une jeune innocente qui avoit
encore peur des efprits; je m'avifai
de lui parler la nuit, je penfai la
faire mourir. J'eus beau lui dire
que j'étois un efprit Aërien, que

nous étions beaux, bien faits, l'é-
numeration que je lui fis de nos
bonnes qualitez ne la rendit que
plus craintive, & si je n'avois pris
la figure de son Maître de Musi-
que, j'étois perdu. Celle à laquelle je m'adressai ensuite, étoit une
Dame de grande condition, fort
ignorante, qui ne comprit rien
non plus aux substances celestes,
& qui ne voulut pas imaginer que
je pûsse être un corps solide; cette idée me fit auprès d'elle un tort
considerable. Ne pouvant la vaincre malgré elle-même, je crus
qu'en prenant la ressemblance d'un
fort aimable homme qui l'aimoit,
je pourrois la ramener, je per-
dis mon tems. Enfin, ne sçachant
plus que faire, je me mis à son ser-
vice, & me travestis si bien qu'elle
ne m'auroit jamais pris pour un
esprit élementaire; & voyez la
bisarrerie! je réussis. En Espagne je
trouvai une femme, qui après m'a-

voir vû, ne voulut pas de moi, &
me prefera son amant ; je n'ai pas
encore eu ce chagrin en France.
Le détail de mes avantures seroit
trop long ; je ne dois cependant
pas oublier une femme sçavante,
dont les études avoient eu pour
principal objet l'Astronomie, & la
Physique. Je la vis, & lui dis qui
j'étois ; je ne l'effrayai pas, mais
quoi - qu'avec des efforts in-
croyables, je ne la persuadai point.
Comment, disoit-elle, est-il possi-
ble, si vous êtes dans votre région,
matiere corporelle, que notre air
ne vous ait point étouffé en descen-
dant parmi nous ; & si votre être
n'est qu'un composé de vapeurs fi-
nes qui ne peuvent résister aux im-
pressions de l'air, & que le moindre vent peut dissoudre, à quoi
pouvez-vous être bon ici ? Loin de
refuter cet argument par des discours, je la priai de m'admettre
aux preuves ; elle y consentit ; dé-

terminée, sans doute, par le peu
de rifque qu'elle crut y courir, ou,
fuppofé qu'il y en eût, par le plaifir d'avoir trouvé dans la Phyfique
élevée quelque chofe d'extraordinaire que tout le monde ne fçût
pas. J'effayai donc de la convain-
cre ; mais dans le tems que je de-
vois efperer qu'elle cédoit à la for-
ce de mes raifons, ah Dieu ! quel
fonge ! s'écria-t'elle. Avez-vous jamais vû d'incrédulité plus opiniâtre ? Je ne me rebutai pas d'abord;
mais voyant qu'à quelque heure,
& de quelque façon que je lui par-
laffe, elle s'obftinoit, ainfi que
que vous le ferez, fans doute, à
me traiter de chimere & de fonge,
je m'ennuyai de lui donner matiere à rêver, & la quittai, quoiqu'-
elle me fît efperer une converfion
prochaine ; mais vous, ajouta-t'il,
ne feriez-vous pas auffi incrédule ?
Je ne ferois pas du moins fi curieufe, lui répondis-je, je fuis per-
fuadée

suadée que je rêve ; mais contente du plaisir que ce songe me donne, je ne veux pas sçavoir s'il pourroit être verité. Et moi, reprit l'esprit, je sens que tout devient trop verité auprès de vous. Je ne veux plus m'exposer au danger de voir vos charmes, je pars assez malheureux pour n'avoir pû me faire aimer de vous, je vais me dérober aux rigueurs que votre cruauté me prépare. Que vous êtes impatient ! Comment voulez-vous que je vous aime ? Sçais-je seulement ce que vous êtes ? Avez-vous eu, repliqua-t'il, la curiosité de le demander ? Helas ! répondis-je, j'ai craint de vous fâcher en vous le demandant, cette peur & celle que vous ne fussiez pis qu'un esprit, m'ont contrainte ; mais puisque vous me le permettez, qu'êtes vous ? Vous, dit-il, qui croyez-vous que je sois ? Je vous crois, repris-je, Esprit, Démon ou Magicien. Mais sous

C

quelque efpece que je vous imagine, je vous crois quelque chofe
de fort aimable & de fort fingulier. Voudriez-vous me voir, ré-
pondit l'efprit ? Non, dis-je, il
n'eft pas tems : répondez de grace
à mes queftions, qu'êtes-vous ? Je
fuis un Sylphe. Un Sylphe, m'é-
criai-je avec tranfport ! Un Sylphe ! Oui, charmante Comteffe,
les aimeriez-vous ? Si je les aime !
Grand Dieu ! Mais vous me trompez, il n'en eft point ; ou s'il en eft,
qu'eft-ce que les mortels peuvent
pour votre bonheur, & comment !
une effence auffi celefte que la
vôtre, peut-elle defcendre au commerce des hommes ? Notre felici-
té, dit-il, nous ennuye quand nous
ne la partageons avec perfonne,
& tout notre foin eft de chercher
quelque objet aimable qui mérite
de nous attacher. Mais, interrom-
pis-je, j'ai lû que les Sylphides
étoient fi belles, pourquoi ..... Je

vous entends, dit-il, pourquoi ne nous pas attacher constamment à elles ? Nous ne les touchons pas assez, elles nous voyent trop, & ce n'est jamais que par raison, & pour ne pas laisser perdre la race des Sylphes qu'elles nous accordent quelques faveurs ; la même consideration nous détermine, & comme vous voyez, cela ne doit pas former entre nous des liens fort tendres. C'est à peu près agir comme vous autres humains quand vous êtes mariés. Nous cherchons des femmes qui nous tirent de notre léthargie, comme elles cherchent de leur côté des hommes qui les dédommagent de l'ennui que nous leur causons. Toutes ces choses sont reglées entre nous, & nous nous laissons de part & d'autre aller à notre penchant sans jalousie & sans mauvaise humeur. Vous rêvez, a-jouta-t'il, avouez que c'est une chose gracieuse que d'avoir un Sylphe

pour amant. Il n’eſt point , comme
je vous l’ai dit, de fantaiſie que nous
ne ſatisfaſſions , de biens dont nous
ne comblions ce que nous aimons;
plus eſclaves qu’amans , nous ſom-
mes ſoumis à toutes ſes volontés ,
incommodes dans un point ſeule-
ment. Quel eſt-il , demandai-je
bruſquement ? Nous exigeons de
la conſtance , & je veux bien vous
avertir que la mort la plus cruelle
ſuit toujours avec nous la moindre
apparence d’infidelité. Miſericor-
de ! m’écriai-je , je renonce à vous
pour jamais. L’eſprit à ce diſcours
fit un éclat de rire qui me fit re-
marquer la ſimplicité de ma peur.
Vous riez , mon Sylphe , lui dis-
je. Je ris , repartit-il , de ce qu’il
n’y a point de femmes qui ne ſe ré-
voltent ſur cet article , & qui n’ai-
ment mieux renoncer à tous les
avantages que notre poſſeſſion leur
aſſure qu’à leur inconſtance natu-
relle. Vous vous trompez , lui dis-

je, ne voulant point être inconf-
tante, je n'ai rien à redouter, &
cependant l'idée de ne la pouvoir
devenir fans rifque, m'afflige fen-
fiblement. Vous croirez toujours
ne devoir mon attachement pour
vous qu'à la crainte du châtiment,
vous m'en aimerez moins. Pouvez-
vous le croire, répondit-il! fi nous
fommes gênans pour les femmes
diffimulées, parce que nous fça-
vons tout ce qu'elles penfent, celles qui ont le cœur bon & droit
doivent être charmées que rien ne
nous échappe ; nous leur tenons
compte de ces délicateffes de l'a-
me, de ces fentimens fins que la
ftupidité & l'indolence des hommes n'apperçoivent pas, & plus nous
connoiffons leur amour, plus leur
bonheur eft parfait. Ne croyez cependant pas que la condition que
je propofe foit fi terrible. Les Sylphes font à tous égards fi fort au-
deffus des hommes, qu'il s'en faut

bien que ce soit un supplice de les aimer constamment. J'imagine que l'ennui d'une habitude où le cœur languit, est la seule chose qui détermine une femme vers l'inconstance : elle ne voit plus dans un amant ces desirs tumultueux, lesquels, soit qu'elle les rebutât, soit qu'elle voulût les satisfaire, l'amusoient également. Ce n'est plus qu'un homme ennuyé qui s'excite par bienséance, qui dit nonchalamment qu'il aime, qui le prouve avec plus d'embarras encore, & dont le visage muet & glacé n'aide jamais à persuader ce que sa bouche prononce. Que fera une femme en pareil cas ? Par un honneur vain & mal entendu, passera-t'elle le reste de sa jeunesse dans un lien qui ne fait plus son bonheur ? Elle change, & fait bien. On lui fait un crime de ce qu'elle change la premiere ; c'est qu'elle sent plus vivement que les hommes, & qu'elle n'a pas de tems à perdre. D'ailleurs c'est souvent par bonté pour celui qu'elle a aimé ; elle le voit languir auprès d'elle sans pouvoir se résoudre à la quitter, parce qu'il craint de se deshonorer ; elle lui fournit un prétexte, & se charge du crime. C'est un procedé bien genereux, & que les hommes ne méritent pas, car ils ont l'impertinence de s'en fâcher. Les Sylphes, lui demandai-je, ne sont donc pas sujets à l'ennui & au dégoût ? ils sont, sans doute, aussi constans qu'ils exigent qu'on le soit pour eux. Du moins, répondit-il, quand ils changent, c'est si subitement, qu'on n'a pas le tems de s'en défier, on les voit encore amoureux un quart d'heure avant qu'ils disparoissent. Mais quelqu'un qui s'en défieroit, & qui changeroit avant eux, lui dis-je, oubliez-vous que......ah je men souviens ! Vous êtes de cruelles gens de nous priver de

toutes nos reſſources. Quand, repartit-il, vous n'auriez point l'objet de la mort devant les yeux,
vous ne voudriez point changer.
Le meilleur moyen d'empêcher
une femme d'être inconſtante, eſt
de ne lui pas donner le tems d'ap-
puyer ſur un caprice ; mais ce ſoin
feroit trop fatiguant pour les humains , & ce n'eſt qu'aux Sylphes
qu'il appartient de ſçavoir employer tous les inſtans , & de prévenir ces fantaiſies momentanées
qui naiſſent dans votre cœur. Je
crois, lui dis-je, qu'avec ces ta-
lens heureux que vous attribuez
aux Sylphes, on peut encore ſe dé-
goûter d'eux ; il eſt bon de nous
laiſſer déſirer quelquefois, il eſt des
tems où nos reflexions ſur nos plai-
ſirs nous amuſent plus que tous les
empreſſemens d'un amant; d'ailleurs
vous avouërez que des ſoins perpe-
tuels fatiguent, & ce feroit aſſez
pour m'empêcher de vous déſirer

que la certitude de ne vous défi-
rer jamais vainement : ce fenti-
ment eft affez fingulier, repartit-
t'il, & je doute qu'il foit vrai.
Croyez qu'avec nous on n'a pas
le tems de faire ces réflexions ;
vous devenez Sylphides par notre
commerce, & participant à notre
fubftance, le foin de répondre à nos
empreffemens devient auffi leger
pour vous, qu'il l'eft pour elles:
Vous fçavez lever toutes les diffi-
cultez, lui dis-je, mais quand vous
quittez une femme, lui refte-t'il
quelque effence de vous ? quelquefois par bonté, répondit-il,
nous lui en enlevons une partie,
par malice fouvent nous la lui
laiffons toute entiere. Ce procedé
n'eft pas bon, repris-je. Je con-
viens, dit-il, que nous pourrions
nous difpenfer de laiffer après nous
des defirs que nous feuls pouvons
éteindre, mais nous ne connoiffons
que cela pour être regrettez, &c.

c'eſt un plaiſir qui nous touche. Vous rêvez. Il eſt vrai, dis-je, je rêve que je connois dans le monde nombre de femmes Sylphides. Oh! vraiment, me dit-il, comme c'eſt à la Cour que nous faiſons nos plus grands coups, il n'eſt pas difficile d'y reconnoître nos traces, mais il me ſemble que cette eſpece de malice ne vous effraye pas tant que la mort ſur laquelle vous vous êtes tantôt récriée, elle a pourtant des inconveniens. Je les crains, mais je puis les éviter. En ne m'aimant pas, dit le Sylphe, vous n'y gagneriez rien, c'eſt auſſi la punition de celles qui nous réſiſtent. Eh! grand Dieu, m'écriai-je, de quel côté fuir! Laiſſons tout ce badinage, reprit le Sylphe. Oh! aſſurément nous le laiſſerons, me récriai-je toute effrayée, point de commerce, M. le Démon, ſi vous vouliez m'engager à vous donner l'immortalité, il falloit me

cacher la perverſité de votre caractere & les riſques qui ſuivent
les engagemens qu'on prend avec
vous. Expliquons-nous, répondit-
il, je vois que l'eſprit imbu des rê-
veries que le Comte de Gabalis a
débitées, vous croyez que vous
pouvez nous donner l'immortalité,
c'eſt-à-dire que vous faites ce que
la nature n'a pas jugé à propos de
faire ; je penſe encore que ſelon
ces belles idées vous nous croyez
foumis aux foibles lumieres de vos
ſages, & que nous deſcendons à
leurs évocations : quelle apparence ! qu'une eſſence ſuperieure à
celle de l'homme ait beſoin d'être
inſtruite par lui, & puiſſe être for-
cée à lui obéïr ! pour l'immortalité
que vous prétendez pouvoir nous
donner, cette imagination eſt encore ridicule, puiſqu'il eſt à préſu-
mer qu'un commerce frequent
avec une ſubſtance inferieure avi-
liroit la nôtre, loin de lui donner

de nouvelles forces ; je vois, lui
répondis-je, que j'ai été trop cré-
dule, mais je n'en suis pas plus dif-
posée à vous aimer, je vous crains :
raſſurez-vous, reprit-il ; quant à la
mort dont je vous ai menacée,
nous n'en venons pas toujours à
cette extrêmité, ſouvent nous chan-
geons nous-mêmes, & vous pouvez
alors rentrer dans vos droits ; mais
nous ne voulons pas plus qu'on
nous prévienne que vous-même
quand vous êtes engagées, ce ſont
des affronts que vous ne pardon-
nez point, & notre vanité eſt auſſi
ſenſible que la vôtre. Quant à l'autre châtiment, à moins que vous
ne me le demandiez vous-même,
je vous l'épargnerai : Voyez, con-
ſultez-vous, congediez-moi bien
ſerieuſement, ou acceptez les con-
ditions que je vous propoſe ; comment voulez-vous, répondis-je,
que je puiſſe aſſurer de ma ten-
dreſſe quelqu'un que je ne connois

pas, que je n'ai pas vû ? je ne dé-
savoue pas que vous ne me plaisiez
déja un peu ; mais si malheureusement vous n'étiez qu'un Gnome...
* n'en dites point de mal, inter-
rompit le Sylphe : il est vrai qu'ils
ne sont pas d'une figure avanta-
geuse, mais il ne laissent pas de
nous dérober bien des conquêtes ;
ils sont parmi nous ce que les Fi-
nanciers sont parmi les hommes,
& ce n'est pas ce que votre sexe
considere le moins. Tous les jours
même ils nous enlevent nos Sylphides. Comment ! lui demandai-je,
une espece aussi superieure que la
leur, est-elle sensible aux presens ?
oui, dit-il, elles prennent des
Gnomes pour donner à leurs
Amans, & quand ce soin ne les
obligeroit pas à répondre à la passion de ces esprits hideux, elles
sont femelles, par consequent ca-

* Esprits Habitans de la Terre,
Gardiens des Trésors.

pricieufes ; le changement les
amufe, & la bizarrerie de leur goût
eft pour elles un plaifir d'autant
plus touchant qu'il peut leur être
reproché. Mais, ma belle Comteffe, ne voudrez-vous point me
faire des queftions plus intereffan-
tes; & votre curiofité s'arrêtera-
t'elle toujours fur d'auffi petits ob-
jets que ceux fur lefquels je l'ai fa-
tisfaite ? ne me permettez-vous
donc point de me montrer ? Ah
mon Sylphe ! m'écriai-je ! que je
crains votre prefence, que ne la
fouhaitez-vous ! dit-il en foupirant.
Je ne répondis moi-même que par
un foupir. En ce moment une lueur
extraordinaire remplit ma chambre, & je vis au chevet de mon lit
le plus bel homme qu'il foit poffi-
ble d'imaginer, des traits majef-
tueux, & l'ajuftement le plus ga-
lant, & le plus noble. Sa vûë m'é-
tonna, mais ne m'effraya pas. Eh
bien, dit-il, en fe jettant à genoux

devant moi avec un air plein d'a-
mour & de respect, eh bien, charmante Comtesse, pouriez-vous
me jurer fidelité? oui mon cher,
mon aimable Sylphe! m'écriai-je,
je vous jure une ardeur éternelle,
je ne redoute plus que votre inconstance. Mais comment ai-je pû
meriter ?.. votre mépris pour les
hommes, & la passion secrete que
vous aviez pour nous, me dit-il,
ont déterminé la mienne, elle est
plus tendre que vous ne pensez ; je
pouvois vous susciter un songe, &
me rendre heureux malgré vous ;
mais je pense avec plus de délica-
tesse, & n'ai voulu rien devoir
qu'à votre cœur. Hélas! je montrai peut-être dans ce moment trop
de foiblesse à mon Sylphe, mais
je l'adorois ; que vous êtes char-
mant, lui dis-je, mais que je se-
rois malheureuse si vous n'étiez
qu'une illusion! est-il bien vrai
que ... Ah ... vous êtes pal-
pable !

J'en étois là, Madame, avec mon Sylphe, & je ne sçais ce qui seroit arrivé de mon égarement, & de ses transports, si ma femme de chambre qui entra dans le moment ne l'eût pas effrayé; il s'envola : je l'ai depuis vainement rappellé, son indifference pour moi me fait penser que ce n'est qu'une agréable illusion qui s'est presentée à mon esprit, mais n'est-il pas dommage que ce ne soit qu'un songe?

FIN.

Table des Livres